再度夕陽紅

六座橋　十立石　翩然逐馨香
曉嵐攜暮雲　蠡澤引鏡湖
螢火點點繞身旁　明道芬芳亙古流長

2006　明道學院詩選

蕭蕭　策劃　明道新詩班◎合著

再度夕陽紅

蕭蕭

最初，它只是一團火，而且沒有人認識它、認識它從何處來、為何而來、要到何處去，因為還沒有人能在火之中、或火之上生存，更不用說進入火的內裡認識火的定義。至於「火中鑄雪」等等，那是沒有人知悉的白堊紀以前的神話。

說它是一團火，彷彿它有著一定的形狀，可以描繪，可以捕捉，甚至於有著某種可能的功能。說它是一團火，彷彿某地還有其他的一團火，或者另一團火，又另一團火。這種說詞，倒也不必排除。只是，「團」不是一種有效的量詞，一團火加一團火，沒有人會說那是兩團火。即使是兩團火，也不一定會比一團火來得高明，或不高明。

水，有形狀嗎？隨著不同的環境如溪、如谷，不同的容器如瓶、如罐，水有了不同的形狀，那是永遠不相類似，不可能統一的水的形狀。那一團火，也是。

或者，更甚。因為火沒有火的環境，火沒有火的容器，就像鳥只能豢養在天空；所以，那一團火的形狀無法拍攝，無法說解，最無法的是拘囿、塑造、拿捏。火，不許你親近。它在空中，不許你養它如養一隻小麻雀；它在木炭裡，不許你輕蔑它如輕蔑風花雪月。

一顆種子，不可能永遠只是一顆種子。一團火，也是。

一顆種子需要一大塊泥土，許多歲月。一團火，卻是不可馴服的未穿鼻孔的牛，沒有人知道鞭子或呵護對它有多少意義，沒有人知道什麼時候它跨了位、越了界，卻仍然只是一團火。

過了許多歲月，仍然只是一團火。

給它冰雪，加以撩撥；給它軌道，容許出軌。

那一團火，就不只是一團火。

不必馴服它，讓它去燃燒西天的雲彩吧！一次又一次地燃燒。

那一團火，早已不是一團火。

目次

CONTENTS

一刀草稿

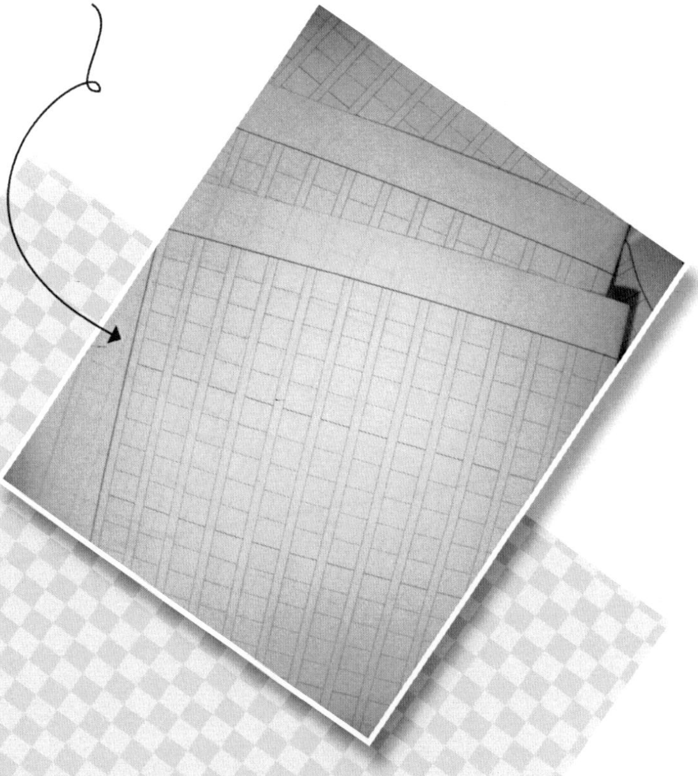

小蝸牛與小螞蟻

劉鳳翎

我努力的駝著我的家
我勤奮的駝著我的財產
我認真的駝著我的創意
我安穩的駝著我的避風港
緩緩的　緩緩的　緩緩的
亦步亦趨的遠離我居住的地方
去問問小螞蟻們
是否願意讓我居住在他家

蘋果樹

夏憶荷

你想摘下鮮紅欲滴的果子嗎？
妳想吃那鮮紅欲滴的果子嗎？

走進禁區
就別想回頭
妳已染成灰色

偷吃　沒有所謂罪過
只有夜裡　疑
怎麼會有蛇在身旁

演算

電子

陽光加月光最大公因數
泥土乘星空的最小公倍數
累積小數計算著幾十個整數
走幾步路和眼淚笑臉平方根
圓周率螺旋了自然係數
有幾題三角函數隱瞞微積分
贏得一國土虛數
卻換來全世界的負數
何時歸零

夏娃進化論

簡東芬

女人
亞當的肋骨
男人的附屬品
妳的口紅為誰而抹
妳的香水為誰而擦
妳那老嫌太胖的身材為誰而減
女人
妳的責任就是三從四德
妳的工作就是相夫教子
妳的生命就是愛情
妳的全部就是家庭

妳的主宰就是男人
妳的名字叫做
犧牲

女人
思想敲破妳的殘繭
智慧睜開妳的雙眼
時代撐開妳的白羽
振翅
打開妳的天空
引起狂風
打亂傳統的世俗
女人
妳開始解下裹腳布

妳開始褪去碎花裙
妳開始閱讀西蒙波娃
妳開始走入人群
妳開始主宰自己
妳開始浴火
重生
妳的生命不單只有愛情
妳的全部不單只有家庭
妳的需要不單只有陽具
妳的天空可以更大
妳的擁有可以更多
因為
妳擁有自己

蒲公英

陳凱倫

我縮小了
抓著一把蒲公英的小傘
隨著微風慢慢起飛
飛到一個陌生的國度
盼望有個美麗的旅程

願望

蔡宗顯

我用心祈禱
神終於感動了
神問我的願望是什麼
我說要我所有的朋友們一生幸福平安

神說行
但只能七天
我說好
星期一到星期七

神說不行
只能四天
我說好
春天　夏天　秋天　冬天

神說不行只有三天
我說好
昨天　今天　明天

神說不行
只能兩天
我說好
白天　黑天

神又說不行
只能一天
我說好
在我活著的每一天

規律

蔡宗顯

人的一生充滿著規律
在家庭，工作，休閒中遊走
就算再怎麼自由仍然離不開這規律

若以線條來表示人一生所有的路線
那麼這張紙不過是一張畫滿重複線條的紙

人類自比為萬物之靈
卻按動植物和昆蟲般的生活規律活著
活著……

原貌

吳怡臻

文字呈現是凸透鏡
軀殼表現是凹透鏡

無須理會過暗的敘述
穿越燦爛的笑容

原貌
就在那裡

向人民報告

胡益勝

方形的傳輸器，
精準的對著格林位置。
不斷傳送瞬間的字句，
影像不斷的扭曲卻又清晰；
長型的接收器，
一直準確的閃著紅光。
滴滴滴，
噹。
阿扁……
世足賽剛好掩埋過這裡，

大樂透適逢佳期，
大展身手。
月光之下的懶惰人民，
拿著長方形正左切切右切切。

江雪

張品生

當最後一隻鳥在天際，隱沒
萬里江山，只餘下
一片的雪白
於是，你來了
搖晃著那只釣竿
向這純白的世界
投下一陣，漣漪

醜小鴨

吳怡臻

振翅
優雅的完美弧線
潔白羽翼
高飛
然
心裡的醜小鴨從沒離開過
依舊內斂的
沉默的坐在原地

純粹

許嘉真

純粹　因為喜歡而喜歡
不要有多餘的雜質
像清晨的露珠
清　澈　透　明

純粹　因為愛而愛
無須增加其他的調味料
像無味的水煮蛋
脣　齒　留　香

小偷

林孟真

悄悄的進入，正如我悄悄的離開
我輕輕的打開保全鎖
作為進入的前奏
那滿屋子的金銀財寶
是我的最愛
挑戰難度高的保全系統
是我的興趣
金山銀寶任我挑
保全系統輕易得讓我想笑
但我不能笑

悄悄的離開是最安全的作法
笛聲漸漸靠近
沉默是我最大的誠意
悄悄的我走了，正如我悄悄的進入
回頭望一眼
不留下隻言片語

尋

劉宥君

尋一片天空
尋一道希望
尋一股潛藏在身體的熱情
將它幻化成羽翼
帶你飛向星星國度
奔騰過一夜又一夜

動

蔡永茂

一顆石頭於風暴中　靜坐

童話

陳凱倫

倚坐在陽光編織而成的鞦韆上
試圖盪過雲霧的虛無飄渺
逃離傷心與痛苦
找尋傳說中的童話世界

俳句詩・櫻

鍾佳成

櫻不耐堪折
魂兮夢兮遷何方
可憐淚盈眶

飛

洪雅馨

神啊！
請賜予我一對翅膀
讓我飛
飛到先進的美國
浪漫的義大利
甚至於
遙遠的北極和南極
看看這美麗的藍色星球
因為
我不想永遠的成為
病床上的一張　白紙

不平衡

陳薇合

來自不平衡
左邊的翅膀展翅
右邊的翅膀斷羽
右邊的翅膀展翅
左邊的翅膀斷羽

左邊的心室關閉
右邊的心房打開
右邊的心室關閉
左邊的心房打開

左邊的手腳遲鈍

右邊的手腳靈活

右邊的手腳遲鈍

左邊的手腳靈活

左邊的頭腦聰明

右邊的頭腦藝術

右邊的頭腦美工

左邊的頭腦智力

卻造就　　平衡

未來

洪志賢

在不知道的地點
在不知道的時間
在不知道的情緒
在不知道的回憶

在未知的未來
在未知的狀態
在未知的盡頭
有未知的等待
無論你是天上神仙或地上活佛

有法力也好　有奸詐也罷
人終將要面對
人必須要理會
你我總在賭　這樣做會不會比那樣做更好
人總在加注　債只會越滾越大

□

李容慈

我活著，就在這裡
我在這個幽暗的空間裡活著
盲目，而又頹廢
因此我燃起了一個亮點
企圖用一根煙的時間，清醒

無題

蔡永茂

神龍見首不見
尾
是其身太長　還是我目光太短？

無題

吳孟芳

沒有雲的天空　還是天空
沒有天空的雲　依然還是雲
雲在等待　天空的出現
天空卻遲遲未出現
於是向風借了翅膀
去尋找自己的天空

流浪狗

洪志賢

一定是在　舊公寓
然後會有個雜草叢生的花園
在陽光和煦的早上　背光的牆壁
竄出　斷腿後仍在急走的……流浪狗

一定是在　小空地
然後有個蒼蠅亂飛的餿水桶
在朦朦淡光的晚上　面光的角落
跑出　被遺棄後仍苟活的……流浪狗

垃圾堆塑膠袋裡　細心尋覓
電線桿　消防栓的氣味　標示自己的小霸位
只是　餐廳後巷大聲怒斥吆喝
對這每天上演的　挾著尾巴　灰頭土臉的遭遇
牠　開始有些不安　焦慮　畏懼

擴音與消音

蔡永茂

誰　來把人民的聲音擴大
誰　再來把政客的叫囂消音

狄更斯之夢

謝佳蓉

狄更斯跳著鬍子
舉著一把小立桌
他想　六便士的快樂結局把童年打包了
小狄更斯吃飽聖誕頌歌裡的肥火雞
吹翹了鬍子　　打盹
越過皮克威克的嘻笑
孤雛淚的奔跑

倫敦街道
舉一把小立方桌

猴子

沈宜蓁

完美的雙槓選手
身手矯健　動作敏捷

來個單手迴旋一圈
接續著360度旋轉
轉個身　雙槓來回交換

最後一躍
呈現出完美的拋物線
定點　滿分　精采呈現

黑

陳薇合

喜　歡　黑　色

有一個黑色的我

在黑色的布塊上

有我用黑色的畫筆塗滿整個畫布

整　個　黑

黑到腦袋裡想的竟是黑色的一切

黑到骨子裡　　頭好暈

黑　色　的　世　界

支配著全部

即使如此

黑，仍然吸引著我

光，要來尋找你

也……

即將變黑了

因為　　我不找了

豪邁……

黑白

李宗叡

黑　與　白
是黑夜與白晝
黑　與　白
是吸收與接受
黑　與　白
是是與非　對與錯
黑　與　白
構成了世界與架構

戶口調查

黃婉婷

戶口調查員問小朋友
調查員說：小朋友，爸爸在不在啊？
小朋友說：爸爸不在。
調查員說：媽媽在不在啊？
小朋友說：爸爸說媽媽在天上，
如果你可以找到她，跟她說我很想她。

緣

陳思玫

開扇　收扇
風舞動著過去
容顏在洪流中瀟灑

開傘　收傘
雨牽引著未來
因緣在世代中蔓延

三百六十五顆巧克力

一樣

邱栩琳

一樣的早晨一樣的亮
一樣的床一樣的慵懶
一樣的馬尾一樣的妝
一樣的奮鬥一樣的忙
一樣的生活一樣的過
振　作
也許一樣不變的每天

雨

劉鳳翎

帶走雲的痕跡　留下風的足跡
趕走物的悲鳴　帶來蛙的噪鳴
嚇走默的氣氛　體現綠的新意
沖刷舊的回憶　洗鍊新的記憶
雨　是一種最動人的旋律

宴會

孫顥芸

貴族的晚宴，
衣香鬢影，
紳士名媛如雲。
夕陽餘暉照在斷崖上的古堡花園，
一場盛大的聚會正要展開……。
等等！
蚊子們的盛大饗宴也正要展開呢……。

活到現在

李容慈

天空的灰濛　好緊迫的悶著　我
一轉身就難以逃脫

大人的期望　好沉重的壓著　我
一出生就背負太多

夢想通常只是隨口說說
現實終究難以憑心看破

很角落　很角落的我
小小聲　小小聲的說
能不能　能不能只是好吃懶做
能不能　能不能只是得過且過
小小聲　小小聲的說
很角落　很角落的我

雨　滴落
你　沉默

記事本

林孟真

一張張白色的紙
等著有人為它著色
漸漸地染上情感
染上淚水
染上笑聲
染上哀愁
染上疼惜
染上各種的色彩
它不再只是一張白色的紙
而是色彩繽紛的紙

距離

彭雅靖

湛雲潛捲機身行
妳在今日的早晨穿梭昨日的星沉
留下訊息告知我妳的平安
打通電話分享我妳的近況，聆聽妳軟暖的聲音
相通視訊展揚我妳的新蓄的髮，映陽的波漾
紙飛封信敘知我妳的新作，想念四方黑體的深刻
我向陽，妳披月
雖然相處於不同的文化、空間
然而卻從不覺
妳離我如此的遠……

驚悚片斷頭山

黃彥龍

人人的心中都有一座斷頭山
這絕對是最黑暗的深淵
因為　恐懼

自編自導自演
不需到七夜之後才有頭條
也不必等搬進新家後才聞怪聲
沒拿到娃娃更不會大失所望

你最怕的會是什麼
有刺的虱目魚
有蟲的橘子

抑　或
半夜裡的小巷
無人的建築
空穴來風的幻影

甚　至
家人關心的言語
必修課業的低空

打工賺錢的多寡
眾人言論的是非

喀　擦
斷　了
遠處伴隨吹狗螺的尖叫
再度響起

你　問
這部電影的恐怖成分會有多高
銀幕外
總監腥爺陰沈地笑著
「大概有三、四層樓那麼高吧！」

作弊

張慧雯

視　　　視　　　視
　線　　線　　線
　　↘　↓　↙

　　　　我

視　線　→　冷　←　線　視
　　　　　汗
　　　　　涔
　　　　　涔

　　↗　↑　↖
　線　　線　　線
視　　　視　　　視

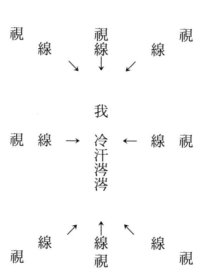

失眠

楊姍燕

夜的步履　悄悄
悄悄找上
床上零落月光撫
不平深鎖的眉
睡意偷混進
時間裏溜走

眼皮下
是抹黑的證明

失眠

黃彥龍

躺在每天
該前往夢之國的豪華郵輪上
四周一片寂靜無聲
沒有音樂
沒有燈光

唯獨今晚
遲遲不肯出發
所以開始緊張
所以開始數羊

上船的乘客
要多少位才能啟航
於是船長坐在港口開始歌唱

一隻跑上窗
一隻趴在船槳
一隻降在我頭上
一隻跳到船頭以為有夕陽

還不夠
兩隻跳過爸媽
兩隻爬上冰箱

兩隻飛越我家
兩隻偷渡到隔壁的船艙
隨著名單上的詠唱
於是
全世界都充滿了我的羊

床

畢無寒

多少個溫馨　在媽媽與孩子的故事度過
多少個甜蜜　在夫妻之間的細語下蔓延
多少個激情　在情侶間的相擁下昇華
我
自己
有一個無限的寂寞伴我
不寂寞……

消逝的生命

畢無寒

小蟲子啊
你不知道生命的脆弱嗎？
若非幽寒移走你，你已回歸塵土了……

幽寒啊
你不知道時光的倉促嗎？
可惜除你外
不見阻止你荒淫玩樂、誕謬生活的人啊……

鮮

吳品賢

三月，
春天的源頭，
魚兒跟羊兒的季節。
一個翻滾，
二個更迭，
端午近在眼前

相對

林崇如

為了讓我們體驗到愛，
神創造了恐懼
為了讓我們體驗快樂，
神創造了悲傷
為了讓我們體驗幸福，
神創造了痛苦
世上的一切都是相對，
沒有相對便無法知覺

台客設計家

謝佳蓉

你的拖鞋隨節奏擺盪
頰旁徐緩起伏
微皺的眉　把眼瞇得精細
眼外幾乎沒有世界
何況眼內

泛橘的黑皮夾　懸掛口袋邊緣
他們說你是台客
你靜靜的曲起一枚黃指甲
挑開細緻詳盡的設計圖

狠狠的摔碎他們眼底輕蔑
我總是愣著看
你紅唇微扯
莫名的驕傲

誰曾

張譽鐘

風靜了
秋天這麼展翅
誰曾
唱滿了霜

路近了
載著影子大河
誰曾
流向故鄉

夢遠了

摘下銀河淚水

誰曾

抹在鼻酸

夜深了

胸口尋找呼吸

誰曾

如此漫長

那季節

張惟智

我所期待的，
是秋風初起，霜天水影的景象
而更傾心的，
是嚴冬落雪，寒梅始放的容顏
於是，煮酒小酌，與景冥合
唯有那季節
已不枉此生

任性

林安祺

春天　熊不願自冬眠的夢中醒來
夏天　候鳥反對飛回北地
秋天　稻穗不想結實
冬天　棉被拒絕放開主人

風

張品生

當湖水泛起漣漪
當枯葉滴溜溜的打轉
當少女的髮梢被輕佻的揚起
當燥熱被悄悄的抹去
當思緒不自主的飛躍
那便是
他來了！

迷茫

楊雅婷

仰望天空
我心裡卻感覺到一絲輕鬆
在庸擾日子
我未曾發現
有一個屬於我的天空
我像迷路的羊
找不到方向
往最後彩虹天堂

面對

邱栩琳

很多不得已，很多無奈
很多沒法子，很多現實
很多不開心，很多冷暖
很多不如意，很多沮喪
很多就這樣，很多那樣
佈滿花樣年華的生命
面對　才會懂得生命

欄

黃馨慧

就算食物再豐盛
也無法比得上
追捕獵物的自由
就算照顧再舒適
也無法比得上
欄杆外面的空氣

渴望
追逐著風
迎著耀眼的太陽
感受著大地的脈動

流星

洪維澤

水藍色外的產物
闖進了不屬於它的世界
趁未被俘虜之前
發光發熱
然後
碎體而亡

帶著寂寞行走

林安祺

我打電話給自由　請它來陪伴我
它卻說
有個朋友叫寂寞　時常和它結成一夥
我嚮往著獨行的灑脫
認為情緒無所謂對與錯
於是開始走向結果
沿路漫步快活　不覺有何不妥
心　卻在無意間　被落了鎖

躁

彭琦芸

膀胱總是積著大量的尿液
它叫我喚它　花蝴蝶
我知道那是漩渦下的產物

腦神經一直旋轉著
眼球一直轉動著

煩躁的裸身
緊貼著冰冷的牆壁
吸著微量的氧氣

淚水

楊姍燕

緩緩湧起
漸漸…慢慢……
極限，達到飽和
咚！落下
滑壘姿態
逃不過
擦拭的命運

七隻小羊

影

郭芯慈

那飄渺的思緒中
抓到一些
一點
影
隱約
童年中的遊戲場
母親在廚房忙碌的
交錯的
身影
那是時空中　片段
交織的
愛戀

家

李鑫德

搭著火車
展開一個無盡之旅
火車一直前進
景色一直後退
望著窗外
感覺身在時光流逝的沙漏中
火車公告停站資訊
我卻沒任何準備
我在想我目的地應該是哪裡？
碰的一聲

時間突然回到現實了
習慣的再往窗外看
我知道我的目的地了
最初的起點
也是
最初的終點

說法

李容慈

一、您們
你不了解因為你還小
十九年的關愛
換來一句不要管我讓我自由
傷心與失望如同今日的雨滴落下了淚
天下父母心你知道多少

二、我
我不明白因為我不成熟
十九年的經歷

不夠讓你們放心讓你們相信
難過與不安如同今日的天空蒙上了陰影
青春歲月你們記得多少

八分之一片維也納情海

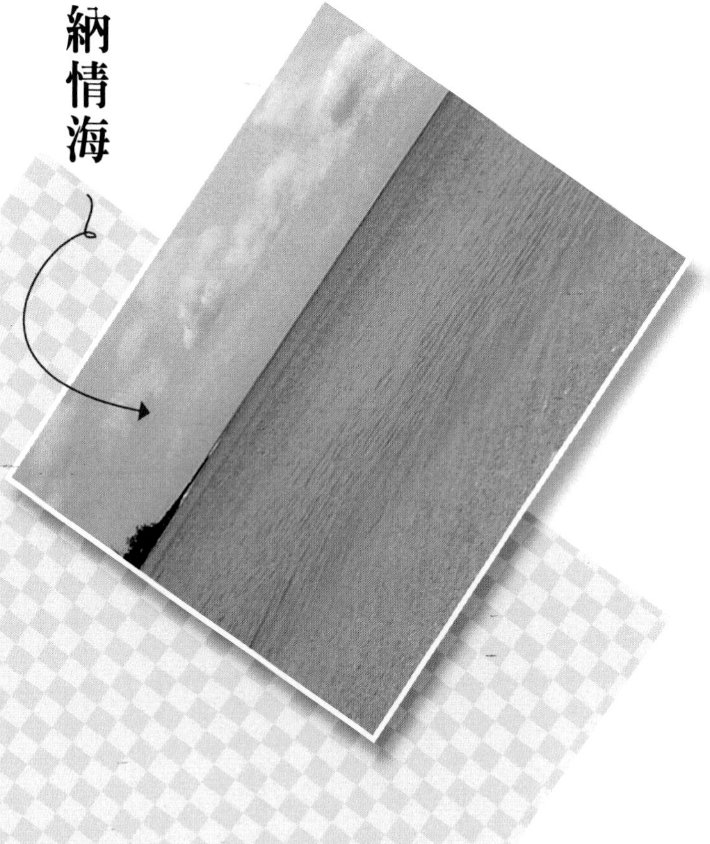

樹，前生

王芊蕙

淡淡的愛
會不會比較長久
比如遠遠看著你
化作一棵樹
還可以自由的作夢

我以為我可以
漠視一切
關於你的

而後在一個大晴天的樹蔭下
我看著自己影子
拚了命的大聲哭喊

其實我是愛你的，那麼愛你
就在你牽起她的手那刻

我微笑
我心碎
心卻還在這時候
讓人看得好清楚
好心痛

化作一棵樹
隨著風擺動
述盡愛你的心意
不會被發現
也沒有傷痛

最後
還能擁有你的微笑……

反的

王芊蕙

你的唇，冷冷的
印下的是留在心裡的情意

你的唇，冷冷的
臉頰上卻滿是通紅

綠幽靈

夏憶荷

牽引你
牽引我

柱狀晶體
分開了的是你
不是我們繫住的心

別擔心
掛在胸前的
始終是你
綠幽靈

愛，足夠

劉宥君

淡淡的愛在細細品嚐
濃烈的愛在無悔付出

讓心動躍入生命
讓擁抱牽繫你我

是一輩子的奮不顧身
是永久的波瀾心動

許一個眼神
許一個體溫
許一個綻放愛的瞬間
許下永遠的承諾

愛妻

吳品賢

每一次
想起你的笑
每一次
想起你的吻
每一次
想起你的容顏
每一次每一次
心裡的纏綿
感動了夏夜的蝸牛和星星

愛情隨筆

張祐毓

背叛是如此冰冷的音色
在靈魂的扉頁裡
流動如歌
尖銳得足以滲透山海的誓言
你的眼神
紛飛出一片漫天飛雪

雲的嘆息

黃翼麟

風輕輕的吹
雲緩緩的飄
莫說雲浮於天空
有多少的自由令人嚮往
莫說雲飄於天際
多麼多采而富有變化
因為雲的方向只有風知道
因為雲的心事只有風能舞動

也許雲令人羨慕
有著風的相伴
也許雲自以為幸福
卻忽略眉宇間的憂愁

因為天空是如此的廣闊
雲卻永遠只能有一個方向
屬於　風的方向

寡婦的愛

莫以樂

從你的眼睛永遠闔上時，
我的心也隨著你的溫度
漸漸寒冷。

從此刻起
灰塵就是我的粉妝，
任憑蜘蛛網纏在我的頭髮上。
烏黑的秀髮也將因心中的雪而轉白。
再也不需燭火與燈光，

因我的心，我的世界
早已一片黑暗。

佈滿全身的黑色禮服，
是為了你的死而哀悼，
而我將在餘生終不褪去這傷心的黑。

任憑藤蔓爬滿了屋外每寸牆，
讓烏鴉日日為我唱哀傷的悲歌，
死去，已成為我餘生的等待……

我只能為你寫一首小詩

詹謦伊

我只能為你寫一首小詩
因為我怕我實在是太想你了
我只能為你寫一首小詩
因為我想說的話實在是太多了
我只能為你寫一首小詩
因為我怕你沒耐心看完
我只能為你寫一首小詩
因為所有的話我只想對著你說

閣

郭芯慈

那一座有飛簷的
小閣
閣中有三十年前的
熱烈的愛情
有二十年的
四個人的身影
昨日在看
閣
依稀中
我見到你筆挺的衣衫

有我剛認識你時
如今已不再聞得到的
淺淺的煙草味

隔著天空想你

羅如君

我在地平線的另一端
等你
感受花開　花落
我在海平面的盡頭
盼你
凝視漲潮　退潮
我在時間的洪水
念你
望著日出　日落

她們說
若地平線與天空相合
海平面有盡頭
時間洪水停擺
便能見你

我只好
隔著天空
想你

活著

李宗叡

深邃的黑洞是你無聲的眼睛，吞噬著我的眼光
蒼白的冬天是你的面容，映照著我充滿活力的臉孔
冰冷的寒冰是你的體溫，溶化著我38度C的溫度
我和你，你和我
我看著你，你看著我
只有在這一時刻
我感覺我還活著

減肥

許嘉真

因為你的愛
所以　心的重量　慢慢增加
需要減肥了
一個吻　增加了多少卡路里
一滴淚　能消耗多少卡路里
戒掉　吻你的習慣
增加　掉淚的次數
一定能　瘦下來的

古宅

孫顥芸

沒有風
一根細繩在梧桐樹上擺盪
映照在鯉魚池裏

橘色的鯉魚探出頭來
訴說著我的過去

來不及繡好的鴛鴦
來不及歸來的良人

良人的枯骨在北風中嘯著
我在梧桐樹底與你附和

記憶裡的時間
永遠地停在午時三刻

你戰死訃聞的那天。
我赴死相隨的那天。

五十次的第一次約會

張祐毓

患者：我
病因：短期的失憶症
症狀：每天早上起床就忘了昨天發生過什麼事
記憶只停留在失去記憶的當天

每天清晨一睜開眼
我的生命又重新來過
每一天都是屬於我們的邂逅　對我而言
只是我永遠也不會記得

但　最終我發現　原來失憶也可以這麼美
在　遇見妳之後

主治醫師：妳
藥物成分：愛

彩虹

陳凱倫

有沒有一座橋可以走進你的心房
有沒有一種色彩可以占有你的目光
乘著風到達彩虹
化為彩虹的顏色
希望能走進你的心房　占有你的目光

細砂

洪維澤

一顆巨石
被造物者
用最自然的雕刻刀
削削磨磨
變成一粒會隨風起舞的小石子
卻是情人眼中的大石頭

詩雲

張譽鐘

我寫情　寫詩
卻寫不出　感動妳的詞
我寫風　寫雲
卻寫不出　感動的靈魂
一首首的情詩
深刻在
那反鎖的心門
一朵朵的輕雲
將帶走
七克重的靈魂

自由

許嘉真

如果有一天　你說你要走
我不會強求
因為你曾經說過
這是你想要的自由

用我的方式
毫不保留的
還你　你的自由
還給你　你全部的自由

寂寞空降

孫顥芸

寂寞　降落
在凌晨三點零五分
腦袋以7200轉的速度　空轉
想找出些什麼
【警告：程式錯誤】

迴轉　迴轉
白皚皚的雪景？
艷陽下的大馬路？

都不是。
你的臉模糊浮出
【注意：程式已正常運作】

讀碟　開始
寂寞　一整夜……。
噠噠噠……噠噠噠……
不是鍵盤的敲打聲
是腦海中你的腳步聲
一步一步
踏上我的心。
寂寞迴響……。

手術失敗

李璦君

隔年的夏天
我去複檢
發現我的心上
還蛀著你的名字
我打算手術把你根除

一刀刺進心口
你卻隨著血液
蔓延到我身體的每個地方

於是你變成這　一生　的宿疾
週期性的
作痛

心之歌

沈宜蓁

我想為你唱一首歌
唱出回憶裡的點點滴滴
唱出曾說過的種種誓言

我想為你唱一首歌
訴說著曾嚐過的酸甜苦辣
訴說著共有過的喜怒哀樂

我想為你唱一首歌
道出我對你的滿心眷戀
道出我對你的永不後悔

身邊的枕邊人

彭琦芸

看到弓起身　貓咪態狀的我
迷迷糊糊翻過身
滾到地上　緩緩的爬著

他問我
你怎麼了？？？？
在他面前　排泄　尿液
是啊
我
還是裸著身

人造愛情

張慧雯

愛，可否複製？
可否燒錄，情？
再造一個，你，可否？
一個完美無缺的　你
用電腦合成
用PhotoImpact美化
你的心　用霧面處理
將浪漫強植進去
加點幽默與貼心
可否　種點病毒進去

一個　只有我能破解的
木馬程式　設上密碼
防盜你的情

晴空

羅如君

雨停，合約也到期，
剛好，趁晴天離開。
只是沒有雨來掩飾我的淚，
晴天，讓最後一幕更加耀眼。
天長、地久，終須盡。
我有，雨過天晴的彩虹，
你有，閃爍耀眼的天空。

雪

電子

下了一場大雪，掩埋了所有是非，
疑慮只會更加的惡劣
我在你的眼中，存在的是什麼，
什麼曾經又讓你心動
下了一場大雪，可惜時間已不夠，
劃除通往你心裏的雪
你在我的眼中，永遠都難了解，
偏偏還會關切，你還屬於誰
我的天空慢慢降雪，心滴血，眼流淚，
所有的燈，早已熄滅

我不知道如何渡過今年，沒有朋友，
還有什麼可貴
我的天空慢慢降雪，你在猶豫，
簽下合好的契約
我不知道如何渡過今年，你走之後，
只留下白雪讓我掛念
空虛更加寂寞，思念更加永遠，
像永遠走不到的誓言
你心在掛念誰，可否讓我看見，我會幫助你渡過今年
如果……我沒出現在你的世界，
你會不會，開心一點
我終於知道如何渡過今年，
就是看著每場雪……開始懷念

曾經

洪雅馨

打開核桃木紋的衣櫃
有你馨香的愛戀
純白柔順的床單
有妳瘋狂的纏綿
這裡的每一個每一個角落
還迴盪著妳嬌柔的笑聲
如今的一切
只有空虛的寂蕩
和一張
已過往棄置在箱子一角的
親密證明

多餘

李璦君

眼淚不顧眼睛的反對
執意要去看看還住在心裡的你
從面頰滑到了胸前
經過一路上的傷痕
最後看見竟是愛情腐敗的屍體
它還來不及後悔這趟旅程
就已經乾涸

男生女生配　女生版

洪婉菁

女生
有時候　只是需要被哄的
不是要聽你長篇大論的分析
有些事　其實她都懂　也知道應該要怎麼做
女生
有時候　只是需要被寵的
不是要聽你沒完沒了的說教
有些事　其實她都會　也知道應該要怎麼辦
可不可以不要對女生說　是妳想太多
有時候　女生的敏感　是需要被呵護的

可不可以不要對女生說　是妳心眼小
有時候　女生的小心眼　是需要被注意的
可不可以不要對女生說　是妳愛吃醋
有時候　女生的醋罈子　是因為你而醞釀的
可不可以不要對女生說　是妳太愛管
有時候　女生的不安　是因為你而產生的
可不可以不要問女生　妳到底好了沒
有些時候　不是她愛拖　而是為你而打扮
可不可以不要問女生　妳到底懂了沒
有些問題　不是她不懂　而是為你而裝傻
可不可以不要問女生　妳到底會了沒
有些事情　不是她不會　而是希望你能幫她
可不可以不要問女生　妳到底夠了沒

有些情緒　不是她不滿　而是希望你能瞭解她
有時候　只是
突然
好想有個人可以給個暖暖的擁抱
好想有個人可以緊緊地抱著
有時候　只是
突然
好想有個人能給個暖暖的牽手
好想有個人能牢牢地牽著
別說女生很愛哭
別說女生太黏人
別說女生太任性
別說女生不體貼

別說女生孩子氣
別說女生的壞話
如果你喜歡她
如果她也喜歡你

男生女生配　男生版

洪婉菁

男生
有時候　只是需要被讚美的
不是要聽妳一針見血的批評
有些事　其實他都知道　也知道應該要怎麼改進
男生
有時候　只是需要被安慰的
不是要聽妳加油添醋的關心
有些事　其實他都瞭解　也知道應該要怎麼調適
可不可以不要對男生說　是你沒肚量
有時候　男生的耐性　是需要被注意的

可不可以不要對男生說　是你愛面子

有時候　男生的自尊心　是需要被尊重的

可不可以不要對男生說　是你醋勁大

有時候　男生的醋罐子　是因為妳而醞釀的

可不可以不要對男生說　是你脾氣差

有時候　男生的怒氣　是因為妳而產生的

可不可以不要問男生　你到底好了沒

有些時候　不是他愛念　而是為妳而不安

可不可以不要問男生　你到底懂了沒

有些問題　不是他愛問　而是為妳而擔心

可不可以不要問男生　你到底會了沒

有些事情　不是他不會　而是希望妳能支持他

可不可以不要問男生　你到底夠了沒

有些情緒　不是他不滿　而是希望妳能體諒他
有時候　只是
突然
好想有個人可以給個暖暖的懷抱
好想有個人可以緊緊地抱著
有時候　只是
突然
好想有個人能給個暖暖的牽手
好想有個人能牢牢地牽著
別說男生很自私
別說男生太愛管
別說男生愛生氣
別說男生不體貼

別說男生孩子氣
別說男生的壞話
如果妳喜歡他
如果他也喜歡妳

長不出來的快樂

李瓊君

站在一大片田地上
我擰乾了眼來灌溉
以為可以種出快樂的果實

沒想到收成時
果殼裡
都是飽滿的
從　前

等待

李宗麟

等待你我的相遇
等待你我的邂逅
等待你我的愛情
等待你我的未來

等待有一種期許的味道
等待有一種幸福的感覺

到底？

陳薇合

字敘裡的哀愁
兩眉間的深鎖
你說
　　我沒事
我說
　　你有事
你又說
　　我沒事

我又說

你有事

……

……

面頰上有了生氣

皮膚上有了紫青

逃避

李瑷君

躲起來　躲起來
如果被你找到
換我當鬼

耳朵摀起來　摀起來
如果再聽到你的聲音
我們又再分分合合之間扯破衣服

心鎖起來　鎖起來
如果再讓你走進來
我的青春就會在爭吵中被偷走

梅雨季的變數

李璦君

五月
多變

突然的一場雨
帶著沉重的灰塵味
我就想起
我們淋過的那幾場大雨
可是不冷
難過的是天空

哎呀五月！
妳又回來了
妳的多變沒有變
天空仍為你哭泣

可是愛我的那個誰變了
離別的時候
雨　早　停　了

箱子

彭琦芸

深情的歌聲
埋藏的心思
眼眸閃爍發光

她打開木製的薄蓋
側躺，棉被裡的男子
容納，曲身的剛好
他，眼深閉，白著臉

女子訴說思念

煎熬，痛苦，愛一個人

就算被養在狹窄的空間

他也不吭聲

只靜靜的傾聽

她的每一句唇語，想念

不語

黃翼麟

既是無法跨越的鴻溝
既是無法傾訴的傾訴
那麼淚水
就讓它藏在眼角裡
向黑夜訴說

既是無能為力的多說
既是得不到溫柔的傾訴
那麼
也只能默默地

默默地
什麼話……
也不說

無題

羅如君

不知何時
他開始習慣
為自己的手腳指甲
增添一抹色彩
通常是鮮豔的紅色
再戴上一顆晶亮的鑽石

用光亮豔麗的外表
向這個世界
表達自己的存在

有天她感覺到
一股腥羶的豔紅
自體內源源流出

她慌忙除去手腳上的豔紅
坐在馬桶上
看著自己潔白可愛的腳趾
單純快樂的笑了

原來呀
她想
華麗豐裕的生活
只是個重擔

面具

耿然沁

戴上面具扮演另一個我
你心中希望的我
你想要的我
那永遠不離開你的我
長長的路的盡頭
站著

面具

枯樹般的笑容

石頭般沈重的話語
戴上微笑的面具
我
不是我

聾與瞎

黃馨慧

寂靜的
漆黑的
佇立在地平線的中央
觸摸著你我的臉孔
聽著這世界的脈絡

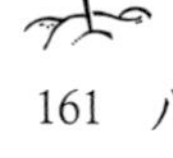

廢柴上的風霜菇

莫以樂

只想依附在
一無用處的他

無視風兒的勸離，雨兒的不忍
寧願成為
毫無身價的小傘
只為幫他遮去些微太陽的灼熱
和風雨對他的無情

直到生命枯竭
留下不朽的愛。

倏爾

彭雅靖

在我的空間與時間裡
少有你的消息
在你的空間與時間裡
少有我的聲息
遙遠的距離似乎讓我們昔日的情誼
皆是恍然一夢了
今日接到你毋需索思即撥來的越洋電話
笑就這樣暖暖的畫上了唇

猜猜我有多麼愛你

詹謦伊

猜猜我有多麼愛你
前天不太愛你
因為我生氣你這個大笨蛋

猜猜我有多麼愛你
昨天只有一點愛你
因為你有點忙都不太理我

猜猜我有多麼愛你
明天有一些愛你
因為你一直陪著我

猜猜我有多麼愛你
後天我有很多愛你
因為你對我很好很好

猜猜我有多麼愛你
有時很愛
有時不愛

當你忙到不理我
我就不愛你這個大笨蛋
當你背著我　對我加倍呵護
我就是那愛你的小笨蛋

猜猜我有多麼愛你
你愛我　我也愛你

窗

耿然沁

窗外的世界遼闊無邊
窗內的你是我渴望的世界
窗邊的他究竟是誰
窗下的我已然心碎
30分鐘
30分鐘內與你相遇
30分鐘內與你相識
30分鐘內與你相戀
30分鐘後夢醒了
一切回到原點

抬頭
你
站在我面前
接下來的30分鐘
奔馳
你身邊
勉強的微笑

腥

洪婉菁

鄭重聲明：

一、如果你沒有足夠的勇氣　請不要往下看

二、如果你不喜歡血腥　請不要往下看

三、如果你的心臟無法負荷　請不要往下看

p.s 以下純屬個人寫作　請勿當真　請勿模仿

第一刀　割開你的皮

第二刀　剖開你的肉

第三刀　刺穿你的骨

不夠　還不夠
我還想拉扯你的血管
我還想彈奏你的神經
感謝我的冷血
感謝我的冷漠

不夠　不夠　還不夠
就算給我　你的心、肝、脾、肺、腎
我還是不相信
我還是不滿意

我要炸裂你的細胞
我要摧毀你的想法

我要污衊你的靈魂
就是要你死無葬身之地

似頭野獸　瘋狂
把你當成我的獵物　盯著
撕裂你的身體　吞噬

抹去嘴邊殘留的血漬
你和我　已血濃於水般化不開

這就是我愛你的方式

邏輯

黃婉婷

昨天吃飯，今天還是要吃飯。
昨天喝水，今天還是要喝水。
昨天大便，今天還是要大便。
昨天愛我，怎麼今天就不愛我了？

溫柔

黃翼麟

是濃濃的甜蜜
是深深的負擔
是讓人無法忘懷的毒藥
淺嚐一口
便無法阻止自己
朝其中墜落

半杯紅酒

東勢

賴保妃

一、

早晨的東勢
氤氳雲氣圍繞著山群
露珠凝結在綠葉上
充滿朝氣的東勢

大甲溪
大安溪
是護城河
平原一帶是農民的種植區

葡萄　水梨　柑橘
水果的故鄉
亦是我的故鄉

二、
沒有鬧鐘
鳥鳴聲
輕輕喚醒我

東方昇上　一道光
曙光一現
整個山岳都亮了起來
拿起彩色鉛筆

畫下這幅旭日東昇的美景
這是我第一次畫東勢

清楚的山稜線
沿著中央山脈延伸
太陽光直射四方
燦亮的光輝
帶來溫暖　帶來希望
黎明
訴說著熱情無限

遺忘

張惟智

你所遇見的，
是向晚夕照，初夏醺紅的面容
而還記得的，
是涼夜風拂，萬物生動的景象
可惜，徘徊徬徨、汲汲營營的旅人
總是失落生活
習慣麻木

回憶

林安祺

我將昨天一頁頁疊起　編號　發現
留得下紅葉　卻留不下秋
留得住唇印　卻留不住吻
留得住回憶　卻留不住當年

回鄉

胡益勝

三年於是飄過了眼前
遊子
淡淡的　熟悉的景色
淺淺的　記憶的斷層
飄飄的　夢醒的時分
輕輕的　愛戀的歲月
柔柔的　不變的感情
深深的　祝福的輕吻
歸人
三年終於來到了眼前

改變

吳孟芳

言語入夢　孤單的夜裡我在街上望著
星光漸消逝，悲傷漸遠去。
我的回憶卻像照片漸漸陷入沉思裡。
掙扎漸暗寂寞漸亮，望著孤單的夜
照片遺忘了一切……

希臘風情

賴保妃

下午三點鐘
站在帝諾斯小島上
望著帆船的身影
粼光閃閃的愛琴海
透著湛藍色的光芒
與海邊白色的房子互相輝映著

傳來Lyra（希臘三弦提琴）輕快的樂聲
這個藍白色系的天堂世界
混合著顏色及音樂的元素
我的心遺留在這幅希臘風情畫裡

汽水

林安祺

開瓶器離開後
汽水為了自己長久以來的壓抑歎了口長氣

空白

陳思玫

裡頭是一片空白
空白的背面依然
也是更白的空白
正如沒靈感的腦袋
完完全全的一片
空白
依舊擠不出半點渣來
依舊是羞恥的空白

孤獨

林崇如

微微的風中　仰望著天空
在這失落已久的季節　枯葉彷彿紛紛為我飄落
微微的風中　仰望著夜空
群星紛紛飄落在心頭　沒有話語　只是難耐寂寞
微微的風中　你可否告訴我
為何風　它總是帶不走我的憂愁

故鄉

黃彥龍

依稀中仍記得
在廚房偷吃的糖罐
總是分不清楚草莓與蘋果口味的差別

校園裡有種情緒的小草
碰了就睡覺
每節下課總與同學到處尋找

藍底的包青天
只需十元卻可以帶來滿滿驚奇
彷彿整間福利社只賣一種

惡夢裡醒來
總被溫暖雙臂環抱
笑臉讓不好的成分蒸發

只是
過去的單純
能維持腦中不被遺忘在糖罐裡嗎？

秋夜寄邱二十二員外

鍾佳成

不知道是不是這樣的秋夜
才適合去懷念

而這涼爽的天氣
確是適合漫步
在思念中

在空曠的山中
成熟的松果
掉落

落
地
無
聲
你是那幽靜的人

暑假

簡束芬

無人的教室　斑白的黑板
矮舊的書桌　厚厚的灰塵
忘了帶走的作業簿
空蕩的操場　紅土的跑道
生鏽的球門　叢生的雜草
被遺落了的壘球包
爽朗的微風　唧唧的蟬聲
炙熱的陽光　沁涼的刨冰
夏天
來了

觀情・觀景

李鑫德

秋笛輕吹
萎黃紛落
人總說
秋
是蕭寂的
雨琴拂彈
垂露欲滴
人總說
雨
是哀情的

秋雨
　　瑟秋掩哀傷
　　疏雨淡憂愁
我卻說
現時
我有了一種感覺，無入不自得
東坡心境了然於胸
秋之蕭、雨之哀
在我眼裡
只是上天表心情的
手法

編輯後記

林珮蓉

那是特別的落日，不再悲傷。

洋洋灑灑散了一地昏黃，每每見到鐸韻雅築身後那奪目的鹹蛋黃，都不自覺停下腳步，讚嘆著她的美妙，沿著小水流走進木林裡，想著這一天的過往，雖然接近尾聲，但也將是月兒露面，星光閃爍的時分。來來往往的是未來的希望，鐘聲響在伯苓大樓與開悟大樓間，迴盪再三，竹掃帚輕輕親吻地面的落葉，讓回到簍筐的路更順遂。

熱烈的火紅，燃燒著我們，字字句句有在這裡的每一片天空。在這些時空裡，我們相聚，但我們也會分開，不論是哪個腳步，總覺得只要踏在校園裡，就會聽到彼此歡樂的戲鬧聲，也會聽到朗朗的莊子書，那將是書寫下詩篇的絢麗朝陽。

詩篇共分五類。

「輯一：一刀草稿」主要以諷刺哲理意識濃厚的詩為主要歸所。

「輯二：三百六十五顆巧克力」在校園、宿舍，身邊的點滴，是三百六十五天的生活記錄，也許是濃香或是綿密或是說不出來的苦澀，都是在這明道的每個足跡。

「輯三：七隻小羊」七隻小羊與母親所流露的親情及家的情感，在輯中可見。

「輯四：八分之一片維也納情海」愛情是學生時代，許多酸甜的代表，在這一小片情海中，醞釀這未來的幸福，也訴說著深淺不一的傷痕。

「輯五：半杯紅酒」人總會懷念什麼，人總會留戀什麼，那也許是藉酒消愁，也許是放不下匆匆過去，在這裡我們尋找昨日林林總總。

本書能夠出版，最要感謝的是明道新詩班的指導老師——蕭蕭老師與明道新詩班的同好。

國家圖書館出版品預行編目

再度夕陽紅 / 蕭蕭策劃；2006明道新詩班合著.
-- 一版. --臺北市 ：秀威資訊科技,
2007[民96]
面； 公分. --（語言文學類；PG0121）

ISBN 978-986-6909-37-5（平裝）

831.86 96001574

語言文學類 PG0121

再度夕陽紅

作 者 / 蕭蕭策劃 明道新詩班合著
發 行 人 / 宋政坤
執行編輯 / 詹靚秋 林珮蓉
圖文排版 / 郭雅雯
封面設計 / 林世峰
數位轉譯 / 徐真玉 沈裕閔
圖書銷售 / 林怡君
網路服務 / 徐國晉
出版印製 / 秀威資訊科技股份有限公司
台北市內湖區瑞光路583巷25號1樓
電話：02-2657-9211 傳真：02-2657-9106
E-mail：service@showwe.com.tw
經 銷 商 / 紅螞蟻圖書有限公司
台北市內湖區舊宗路二段121巷28、32號4樓
電話：02-2795-3656 傳真：02-2795-4100
http://www.e-redant.com

2007 年 2 月 BOD 一版
定價：230 元

讀　者　回　函　卡

感謝您購買本書，為提升服務品質，煩請填寫以下問卷，收到您的寶貴意見後，我們會仔細收藏記錄並回贈紀念品，謝謝！

1.您購買的書名：＿＿＿＿＿＿＿＿＿＿＿＿＿＿

2.您從何得知本書的消息？

□網路書店　□部落格　□資料庫搜尋　□書訊　□電子報　□書店

□平面媒體　□　朋友推薦　□網站推薦　□其他＿＿＿＿＿

3.您對本書的評價：(請填代號　1.非常滿意 2.滿意 3.尚可 4.再改進)

封面設計＿＿　版面編排＿＿　內容＿＿　文/譯筆＿＿　價格＿＿

4.讀完書後您覺得：

□很有收獲　□有收獲　□收獲不多　□沒收獲

5.您會推薦本書給朋友嗎？

□會　□不會，為什麼？＿＿＿＿＿＿＿＿＿＿＿＿＿＿＿＿＿＿

6.其他寶貴的意見：＿＿＿＿＿＿＿＿＿＿＿＿＿＿＿＿＿＿＿＿＿

＿＿＿＿＿＿＿＿＿＿＿＿＿＿＿＿＿＿＿＿＿＿＿＿＿＿＿＿

＿＿＿＿＿＿＿＿＿＿＿＿＿＿＿＿＿＿＿＿＿＿＿＿＿＿＿＿

＿＿＿＿＿＿＿＿＿＿＿＿＿＿＿＿＿＿＿＿＿＿＿＿＿＿＿＿

讀者基本資料

姓名：＿＿＿＿＿＿＿＿＿＿　年齡：＿＿＿　性別：□女　□男

聯絡電話：＿＿＿＿＿＿＿＿　E-mail：＿＿＿＿＿＿＿＿＿＿

地址：＿＿＿＿＿＿＿＿＿＿＿＿＿＿＿＿＿＿＿＿＿＿＿＿

學歷：□高中(含)以下　□高中　□專科學校　□大學

□研究所(含)以上　□其他＿＿＿＿＿＿＿＿

職業：□製造業　□金融業　□資訊業　□軍警　□傳播業　□自由業

□服務業　□公務員　□教職　□學生　□其他＿＿＿＿＿

請貼
郵票

To：114

台北市內湖區瑞光路 583 巷 25 號 1 樓

秀威資訊科技股份有限公司　　　收

寄件人姓名：

寄件人地址：□□□

(請沿線對摺寄回,謝謝!)

秀威與 BOD

BOD（Books On Demand）是數位出版的大趨勢，秀威資訊率先運用 POD 數位印刷設備來生產書籍，並提供作者全程數位出版服務，致使書籍產銷零庫存，知識傳承不絕版，目前已開闢以下書系：

一、BOD 學術著作—專業論述的閱讀延伸
二、BOD 個人著作—分享生命的心路歷程
三、BOD 旅遊著作—個人深度旅遊文學創作
四、BOD 大陸學者—大陸專業學者學術出版
五、POD 獨家經銷—數位產製的代發行書籍

BOD 秀威網路書店：www.showwe.com.tw
政府出版品網路書店：www.*gov*books.com.tw

永不絕版的故事・自己寫・永不休止的音符・自己唱